# 目次



JN106380

# プロローグ

私が新たなステージを求め単身で東京に出たのは、時の内閣官房長官が「平成」と書いた台紙をカメラの前に掲げた時から2年後、山々が新緑に染まる4月初旬の早朝であった。

見送りに来た妻は幼子を背におぶい、長女と長男と一緒に駅舎の外だが、ホームとは低い網目のフェンスで仕切られているだけなので、私が乗る電車が走り出すのを待たず、子らは、フェンスの外から身を乗り出すようにして小さな手を精一杯振って「バイバイ、行ってらっしゃい」と大きな声で見送ってくれた。妻も背負った次男とともに子供達の後ろに隠れるように、そっと右手を小さく振り続けていた。

遡って、昭和41年、中学校を卒業して社会人となるために東京に出たときは、父が私の住み込みで世話になる洋服仕立職人の家まで一緒についてきた。その時の、生まれて初めて親元を離れて暮らす寂しさと、不安で胸を締め付けられるような切なさを今でも忘れられない。

それから24年、大学を終えて入社し13年間勤めた機械メーカーを39歳でリタイヤした。当時の多くの会社員は、終身雇用と年功序列の日本型雇用環境に守られていて、一度入社した会社には定年まで勤め、老後は退職金と年金や蓄えで悠々自適とまではいかなくとも、平穏に過ごすのが一般的なサラリーマン像であった。

そうした世相に反して、たまたまコンピュータに出会ってしまったことがきっかけで私の意識に変化が生じ、会社員としての安定した「第一の人生」を捨てて、波乱万丈が予想される「中小の製造業に役立つコンピュータ関連会社を起業する」という、私が思うところの「第二の人生」にチャレンジすることを選択した。明確なビジョンが有るわけでも、先々のゴールが見えるわけでも、必ず実現できる確証があるわけでもない。あるのはただ、「やってみたい」という強い思いだけだ。

中学を卒えて東京に向かうあの時も、未知の世界に向かう不安と希望とが合いまって、心音を高めて乗った就職列車だが、今また同じような心境で、越後湯沢で在来線を降り新幹線に乗り換えた。

誰にも相談せず1人で決め、必ずやると決意しての行動だが、いざ旅立ちのその日を迎えてみると何か予測しがたい障壁が迫り来るようで、引き返したくなる気持ちを奮い立たせるため、両手でほほを叩いた。

平成のその旅立ちから数えて30年、中学を卒業して初めて上京した時に遡れば既に50有余年の歳月が過ぎ、古希70歳となったのを節目に会社を後進に委ね、故郷に腰を据えた。そして、「第二の人生」は、男手のない妻の実家の稲作を担う百姓になることから始めた。

# ファーストステージ

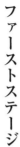

## 世はコンピュータ、ネットワーク社会の創生期

大学を卒業して地元に帰り、機械メーカーに勤務していた当時の私は、総務・経理部門を担当する課長の立場に居た。ある日の会議で設計部門にCAD（コンピュータによる設計支援ツール）を導入し機械設計の合理化を進めることが決まったのだが、同時に事務部門もコンピュータによるシステム化を図ることになり、中小企業ゆえの人材不足もあって、私が事務部門のコンピュータ化を担う担当責任者となり機種や基本ソフトウエアの選定に加わった。

今振り返ると、私が入社して数年後の昭和50年代といえばコンピュータの普及による情報化社会の到来で、世界を情報ネットワークで覆って一つに結ぶ、まさにグローバル社会の創成期であった。

やがて会社は、導入すべきコンピュータを国外メーカーの機種に決め、基本ソフトウエア及び付帯するパソコン機器も同社の製品を導入することを決めた。

私は、大学で情報処理の講義を受けており、当時は最先端のコンピュータでさえロール状に巻かれた紙にプログラムをパンチングするものだったが、これ

から導入しようとする機器は、フロッピーディスクにプログラムやデータを書き込むもので、私が授業で学んだ機器とは全く概念の違う構造のビジネスマシーンのため、学生当時に得た知識はほとんど役に立たないことが分かった。

その上システム開発の実務経験もないことから、このままではただ茫然と機器の前に立ちすくみ手も足も出せない。しかし、幸いにもメーカーでは導入に際しての教育をセットにしていて、東京の飯倉にある会社のコンピュータ研修ルームで教育を受けることができた。

次第に会社のコンピュータ化は軌道に乗りだし、徐々にではあるが私も開発言語を習得し、簡単なプログラムを作成できるようになった。とは言っても、とても会社が委託したプロのＳＥ（システムエンジニア）に太刀打ちできはしないが、それでも、プログラミングが少しずつできるようになってくるとこの仕事が面白くなり、気付くと昼夜を問わずパソコン端末に向かう、すっかりコンピュータに嵌ってしまった自分が居た。

やがて、このコンピュータシステムを同じような規模の製造業に普及させ、業務改革に係わる仕事ができないものかと考えるようになり、その思いが日増しに強くなっていった。

実は、コンピュータに出会いその虜になってしまった私は、町にあるマンションの一室を借りて夜間のパソコン教室を始めていて、仕事を終えると18時から始まる授業の講師として2人のスタッフとともに、受講生に相対する毎日であった。

しかし、会社は副業を認めていなかったことから、私の行いが「会社の規律を乱し少なからず悪影響をもたらしている」と工場長に咎められてしまった。勤め人にも関わらず行き過ぎた私的行動があったことを反省し、これを機会に温めていた起業に向かう覚悟を決めて「退職」を申し出た。

# セカンドステージ

## 起業に向けた無謀な決意

これまで世話になった会社を退職して私の生活は一変した。新潟を離れ、妻子や両親との安穏な暮らしから、東京での単身生活が始まった。妻が作る朝食や持たせてくれる弁当はなく、自分でパンを焼きコンビニの総菜で朝食を済ませて仕事に向かう。昼は外食を急いで済まし、夜は缶ビールと簡単なつまみで過ごす毎日となった。

この時から、いつでも一緒、何をするにも一緒が当たり前だと思っていた妻への思いに多少の変化が生じた。離れて暮らすようになり、少し距離感をもって妻の存在を考える時間的ゆとりが出来たことがきっかけだ。

5歳違いの妻とは、生まれた年代も育った家庭環境や経済的事情も違う。2人が同じであるはずもなく、いつも一緒が当たり前だと考えていた私は、無意識の内に妻に対し必要以上に干渉してしまい、妻にとって少し重たく感じていたのではないだろうか。私は妻を個性ある別人格者だと認めていただろうか。相手の準拠枠、パーソナリティーに深く入り込みすぎて我慢を強いることになってはいなかっただろうか。離れた生活を始めて、時折2人の関係をおぼろげに振り返ることがあった。勿論大切なパートナーであることに何ら変わりはないが、単身赴任はそんなことを考えるに十分な時間をもたらしてくれた。

## プロフェッショナル

起業を目指して修行する東京の会社は、小粒だが兵《つわもの》ぞろいの会社でありプロフェッショナル集団であった。自分では結構知っていて出来ると思っていたシステム開発だが、思い上がりであった。

お客様から受託して、求めに応じたコンピュータシステムを提供し相応の対価を得ることを生業とする会社にとって、仮に納品した機器やソフトウエアで障害が起き、ユーザに損害が及ぶようなことがあれば会社は大きな痛手を負う。それだから妥協は許されない。ユーザの業務内容に精通し、概要設計から詳細設計に至るプロセスに見落としや誤りはないか。そしてコーディングしたプログラムに予期せぬ障害の発生は起こりえないか。単体テスト、結合テスト、総合テストを繰り返し、最後に一定期間の運用テストを経て、そこで行われる業務に最適なコンピュータ機器とセットでシステムはようやく納入される。そこには、システムエンジニア（ＳＥ）の知識と技術、それにユーザや仕事に相対する真摯な態度が無ければ辿り着けないプロフェッショナルが居て集団がある。それぞれの分野で食をはむプロフェッショナルとは、こういう者たちを称していることだと思い知らされた。

## 不安な日々

私は「井の中の蛙」で大海を知らなかった。やはり起業前に上京したことは正解であったとつくづく思った。

私はプロのＳＥになろうとして上京したわけではなく、営業を兼務する経営者となるのが修行の当面の目標だが、しかし、システム構築のプロセスを学んでいなければシステムエンジニア（ＳＥ）を雇用することなど覚束ない。プログラマーやＳＥの仕事を若い同僚の働き方を通じ実学として学んだ。学んだつもりだがプロフェッショナルの足元にも及ばないのが現実だった。

妻には金帰月来を約束し、必ず1、2年後には地元に帰って起業するからと誓った手前もあって弱音を吐くことなど出来ない。不安や焦りはあったとしても、そのことは口が裂けても言えないし、言わない。

私がこの道を選び反対を押し切って東京を目指すことを話したとき、離婚まで考えたという妻だが、「毎週末は必ず帰るから」と誓った私の言葉を受け入れ、止む無く承諾してくれた。

今では、私が離れた我が家は妻が中心の新しい生活環境の中で、妻自身も勤めを続けながら3人の子供と私の両親とともに田舎暮らしをし、それなりに過ごしている。そんな妻にいらぬ心配はかけたくない。

妻は人に深く干渉しないし、余計な詮索や他人の噂話をしない。無駄口は言わないし芯が強いから離れていても安心できる。私の両親とも一定の距離感をもって接しているようで、可もなく不可もなく勤めてくれているようだ。

ウイークデーを東京で過ごす私にもあまり干渉しない。大方のご婦人のように、毎日電話をくれるようなことも、身体を気遣うような甘い言葉もない。生まれ持った性格もそうだが、金帰月来、毎週必ず金曜日の夜には帰るのだから、話すことがあればその時で間に合うと割り切っているようだ。私もほとんど電話することもなく過ごすが、時折母の状態や3人の子供の日常が気になると電話した。

## 洋服仕立て業入職

私は、大学を修了してすぐに郷里に帰り、造成されたばかりの工業団地に最初に進出してきた機械メーカーに就職したので、都会で正社員として勤務したのは定時制高校生の時だけだ。

普通、大学を卒業する年齢は22歳だが、定時制高校に3年遅れて入学した私は、定時制高校は4年制のため、大学を卒えるのは4年遅れの26歳だ。

貧しい農家の次男として生まれた私は、貧しさゆえに高校に進学したい気持ちを抑えて、親の言うままに中学を終えて上京した。当時は次男坊以下の多くが中小の工場等に勤め、あるいは大工や左官、アパレル系職業といった手に職をつけるために、東京などの大都市に散らばって就職した。

私は、担任の先生が家庭科の授業で私が手作りした暖簾を見て、「お前は女っこより裁縫が上手だな」と褒められたことと、たまたま近くの家から上京して洋服の仕立て業を営んでいる人が居るとのことで、大して将来の事を考えることもなく、親の言うままに住み込みでそこに世話になることになった。給与というにはほど遠い少ない小遣いで一月を過ごす「丁稚奉公」の身で、丁稚奉公に出たのはこの時代であっても私が最後の1人ではなかったかと思う。

洋服屋での日常は、朝早く起床して7時頃から仕事を始めて夜遅いときは21時過ぎまで働く。一日は朝6時からの犬の散歩で始まり、仕事の途中に朝昼晩の3食を挟み込むような毎日だ。休日は月に2日だけだから使う小遣いは、月1回の床屋と当時流行していたグループサウンズが奏でる曲を聴きに、親会社に勤める友人と新宿のＡＣＢに通い、ドリンク付きの入場券を買って入り、当時はまだあまり名の売れていなかったスパイダースやタイガース、テンプターズ等のサウンドを楽しんだ。いかりや長介が率いて、メンバーに荒井注や高木ブー、加藤茶、仲本工事を従えたザ・ドリフターズも出演していて、私は高木ブーのコミカルな所作が好きで大いに笑った。

帰りは新宿の山手線ガード沿いの通称「しょんべん横丁」に立ち寄り、２人で焼き魚定食等を食べて帰るのが何時もの楽しみでだった。

時々当時叔母がやっていたおにぎり屋（飲み屋）にも行き、酒はまだ飲めないが叔母が作ってくれるマヨネーズをたっぷりまぶした特性スパゲティーを食べさせてもらった。その味が今でも忘れられず時には自分で作って食べることもある。

私が生まれた昭和26年の我が家は、大勢いる父の兄弟や戦争から帰った祖父の弟など、何と14人家族であったそうで、貧しい農家を切り盛りする母は「秋にとれたコメが半年ももたないで無くなった」と話してくれたが、当時の思い出話をする母のその顔は、遠い昔の辛さではなく、粗末な食事を大勢で賑やかにする光景を懐かしんでいるようで柔らかだった。

洋服屋では、年末年始とお盆休みの帰省だけを楽しみに、無我夢中で働いた。頂く小遣いは少額だが、休みが少ないので少しは蓄えができる。その蓄えで母や妹に上野や池袋の店で安い衣類などをお土産に買って、上野駅から帰省客で大混雑の上越線に乗って生家に帰る。この時ほどの嬉しい気持ちは、休みを終えて東京に戻る時の泣きたくなるような気持ちと180度の違いがあった。

洋服仕立ての仕事で日々を送る中、段々と仕事というよりも仕立て業の朝から晩まで、しかも深夜近くまで働く日常に疑問を持つようになっていった。

## 洋服仕立て業を辞す

そして、わずか2年半で洋服屋を辞めた。入職して2年目の初夏、とうとう親方に「辞めさせて下さい」と涙ながらに訴えた。思い悩んだ末の事だが、辞める決意が出来たのは、ゴルフのクラブを製造販売する義理の叔父が「辞めるなら私を手伝いなさい」と言ってくれたからであり、辞めたその日に叔父が車で私と私の少ない荷物を事務所に運んでくれた。そして事務所の狭い一室が私の住居となった。

私は、洋服屋の時に中学の同級生の何人かと文通をしていたのだが、その中には高校生活を楽しむ数人の友人もいて、「羨ましい」と何時も感じていた。

洋服屋を離れると益々羨ましさが募り、「私も定時制の高校に行きたい」と思った。しかし山は高く険しい。

受験して合格できる学力など無い。

## 定時制高校生を目指す

諦めかけていたとき、ゴルフ関係の仕事で会社に出入りしていて私がお兄さんと慕う人が、「高校に入りたいのなら、家庭教師をしてやるぞ」と言ってくれた。嬉しかったが不安は大きかった。

定時制高校といえども、昭和40年代は、令和の今日と違ってまだまだ子供の多い時代で入試倍率も高く、合格に全く自信がなかった。

中学を卒えたら就職すると決めていた私は勉強に全く関心がなく、学校から帰るとカバンを玄関に投げて山川を遊びまわる、遊びでは天才だが頭は空っぽ。しかも卒業から2年半もの歳月が過ぎた。今頃挑戦して合格できるだろうか。

でも高校生活にあこがれ描いた夢は日増しに膨らんだ。「絶対に合格させてやる」と言ってくれるお兄さんに縋る思いで、勉強を教えてもらうことになり夜間勉強が始まった。

仕事を終えてからの勉学は、眠気が襲って妨げとなる。遅々として理解が進まない。特に数学はどうしようもなく分からない。3歩進んで2歩下がる。いや3歩以上後ずさりをしながら、とうとう受験日が来てしまった。

不思議なことに、受験を終えて多少だが手ごたえのようなものを感じた。お兄さんの所から帰った後も12時をまわる迄、目が腫れるほど毎日勉強してきたことで、試験問題に思ったよりも平静で取り組めたように思う。しかし発表の日、合否確認のため学校に行くまでのドキドキ感はこれまでに経験したことのないもので、掲示に自分の番号を見つけるまでの緊張感は極みに達して心臓が飛び出るかと思った。

番号があった。人前にも係わらず涙が出て止まらない。でも恥ずかしくはなかった。こんな喜びは生まれて初めてで、学校に着いてすぐに見つけておいた公衆電話に飛びつき、真っ先にお兄さんに報告をした。

仕事中であることはわかっていたが、私の電話を事務の女性がお兄さんに取り次いでくれた。「受かっていました」そう告げた私に「決まっているだろう。俺が先生だからな、よかったな、今日は乾杯だ、美味しいものを食わせてやるよ」と喜んでくれた。お兄さんの優しさに、ただただ「ありがとうございました」と、涙でくぐもる声で応える以外に感謝の言葉は見つからなかった。

## 念願の高校生になる

3年遅れの高校生活だが、定時制高校には似たような境遇の仲間も多く、毎日を大いに楽しんだ。勉強も頑張ったつもりだがよく遊んだ。授業をさぼって、当時盛んであったボウリングに級友と行って遊び、大工や左官、洋服仕立て職人となって働く仲間が「たまには飲もう」と誘ってくれるのが嬉しくて、学校をさぼっておごってもらった。

定時制とはいえ高校生になった私は、叔父の会社でゴルフクラブを卸販売する営業職が重荷になった。と言うのも、営業職は定時に仕事を終えることが中々難しく、学校の始業時間に間に合わない日が続いたからだ。

定時制高校への通学を許し、18歳の若者には何の不自由もない給与と生活環境を与えてくれた叔父の許しを請うて、高校の近くにある顔料メーカーの総務部経理課に転職した。高校は商業高校だが、これまで帳簿の経験など全くない私に、上司や先輩社員が手取り足取り仕事を教えてくれた。当時はまだコンピュータはおろか電卓すらない時代で、伝票計算は「そろばん」が主流だ。その「そろばん」を使いこなせない私を気長に見守り、根気よく指導してくれたお陰で、そこそこ「そろばん」が使えるようになった。

上司の恩に応えるためにもと、1年生の秋に商業簿記3級の試験に挑戦し資格を得た。

仕事も徐々に慣れ、大学に入学するまで、日中はこの会社で会社の仕組みや総務、経理の仕事を学んだ。ある日会社に税務調査が入り、課長や上司とともに緊張の面持ちで税務署員に相対した経験を今でも忘れられない。

同じ高校に通う先輩も在職していた。先輩は生徒会長を務めていて、この先輩をまたといない人として目標におき、私もこうなりたいと自分を励ました。

高校3年で成人となった私は、先生ともたまに酒を飲んだ。学校が引けるのは21時過ぎだが、私の4畳半一間のアパートに先生も立ち寄り、乾きもののつまみをかじりビールや日本酒を酌み交わしながら、他愛もなく交わす話の合間に時には政治談議を挟み、熱く議論もした。

どんなに親しくとも先生は先生。授業をさぼるたびに先生から注意を受けた。いつの通信簿だか忘れたが「仮進級おめでとう」と書かれた通知表を受け取り、春休みに補講を受けたことがあった。出席日数が足りていないのだと担任の先生に言われた。でも決して不良少年であったわけではない。成績は4年間を通じて常に上位をキープしていて、真面目人間であったと自分では思っている。

## 4年制大学を目指して

高校4年になると、今度は大学というところにも行ってみたくなった。高校は昼間勤めながらの定時制高校なので、大学に行くなら昼間行きたいと思った。性格のせいか、思い立ったら頭からそのことが離れない。学力的にも、私レベルでは一流と言われる大学の昼間を目指す障壁は大変なものであろうと想像できる。別に一流に拘りはない。中学生時代には夢見ることすらできなかった昼間の大学に通う自分を想像すると、拾ってくれる大学があれば何処でもよかった。でも、昼間大学に行くことで生活はどうする。学費や家賃、日常の生活費の工面ができるのか。親からの仕送りは一切望めないとすれば、今度は夜働くしかない。それで学費も賄えるだろうか。

大学は、入学金と授業料が最も安いところをピックアップしてみる。そうだ、奨学金制度を使えないだろうか。アルバイト先は、せめて夕食を出してくれる飲食関係にして食費を浮かそう。学びながら生きる方策をあれこれと思い描き担任の先生にも相談した。

ある日、ホテルのレストランがウエーターを募集していることを、広告を見て知った。

そうか、卒業したらウエーターのアルバイトで収入を得れば良い。賄い食もついているらしい。時給は高くないが、夜間のバイトなので昼間よりも少しは高い。一日3時間から4時間は働けそうだ。奨学金（受給できるかどうか分からないが）が月2万円位として、学校が休みの時は一日6時間以上働こう。そうすれば、何とか学費と生活費を賄えそうだ。見通しがついた。自分に都合がよく、何の確信も保証もない甘々の見通しだが、これで大学に行ける、学生になった自分の姿を思い描き希望が湧いた。

## 自分は変えられる

高校の4年間はとても充実したものであった。高校生になったばかりのときは、どちらかというと自分は引っ込み思案で人前で話したりすることが苦手だと思っていて、そんな自分を変えたいと思った。人前で赤面する自分が仕方なく嫌だった。確か、タイトルが「赤面症とどもりを治す本」だったと思うが、それを買って読んだ。その中の一節に、「猿はおしりが赤いが恥ずかしくて顔を赤くすることはない、動物の中で恥ずかしさのために顔を赤らめることのできるのは人間だけで、自分が赤くなれることに誇りを持ちなさい」と言うようなことが書いてあった。「目から鱗」と言ってもこの時この言葉の意味を知らなかったが、大きな勇気をもらう言葉であった。

自分自身が少しでもプラス成長したいと思い、3年生の時生徒会長に立候補した。生徒の前で緊張に足を震わせながら立会演説をし、4年生の先輩に競り勝って生徒を束ねるリーダーを経験した。

学園祭では演劇で主役を演じ、仲間のバックコーラスで歌も歌った。顔が赤くなるのは簡単には治せないが、赤くなることが恥ずかしいことではないと思えるようになり、次第に気にすることが無くなった。

「三つ子の魂百まで」の諺のごとく、自身の持つ本質は変えられないと思うが、変えられる要素が沢山あることを知り、変えようと意識した。やがて人前で話し、討論や議論を交わすことへの抵抗感は薄れてきた。人は変われるものだと身をもって体現できたと思う。

## 憧れた大学生となる

高校生活の最後は受験である。幸いにも私を拾ってくれた大学が横浜商科大学だ。

昭和48年4月に商学部商学科に籍を置き、憧れの大学生活がスタートした。

奨学金貸与の面接も無事通っていて特別奨学金受給者になれた。その時、面接官から「田中角栄の列島改造論をどう思うか」と聞かれたことを今でも鮮明に覚えている。だが、何と答えたかは全く覚えていない。

アルバイト先もステーションホテルのレストランに決まり、高校生の時に漠然と描いた生活スタイルが実現できた。バイト先には、私以外にも学習院大学や中央大学、東京理科大学等の有名大学に通う数名のバイトが居た。蝶ネクタイを締めてお客様に飲食物を運ぶ共通の仕事仲間として、友情も芽生えた。

バイトを終えると、店長がビールでも飲むかと言って時々御馳走をしてくれた。ある日、店長に連れられて銀座のバーに初めて入った。私の脇に座った日本髪で和服を身に着けた女性の美しさに言葉を失った。こんな素敵な女性とこれまで出会ったことはなかった。

コック長は、時々お客様に出すような料理を作って私たちに食べさせてくれた。「おーい、カレーでも食べて帰るか」賄い食は質素で味気ないものであったが、コック長のつくるカレーは絶品だ。何といってもホテルのレストランでお客様に提供する料理を作るプロの料理が不味かろうはずがない。貧乏学生には身の丈に合わない御馳走に、「舌が肥えてしまったらどうしよう」と真面目に思ったものだ。

バイトと遊びで忙しい学生生活では単位の取得が思うに任せず、卒業から40年以上たった今でも、単位が足りなくて卒業できなかった夢を見ることがある。普通は4年になるとほとんどの学生は既に単位を修得して通学しなくなるが、お陰様で私はほぼ毎日通学し、不足する単位の取得に必死であった。

## 助け舟に甘える

そんな私に助け舟を出してくれたのが、洋服仕立て見習い時の親会社の社長だ。社長の下で勤める友人が私の窮状を社長に話してくれて、社長から「私のところに来て、1日に袖付けか衿付けを5着やってくれたら、アルバイト料と朝夕の食事、それと寮に住まわせてやるぞ」と誘ってくれた。バイト料は仕事の量を大きく上回る高給で、毎日大学に通うに十分足りる厚遇だ。社長の言葉に甘え、慣れ親しんだホテルのバイトを辞め、住んでいたアパートも引き払い、洋服仕立て見習いをしていた数年前に、生地の受け取りと納品に毎日通ってい た会社の社員寮に生活拠点を移した。

そのお陰もあって、大学を卒業するのに単に修士号を得るだけでなく社会に通用する資格が欲しいと一念発起し、教員資格を得ることもできた。時がたつに従い、社長と私の仕事のノルマ（袖付けか衿付け5着）が終わるのを待ってスナックなどに誘ってくれた友人の優しさに胸が熱くなり、感謝の念が募る。

## 意に反して生家に帰る

大学を卒業したら、私は都会で就職したいと考えていて、何社かの企業や機関の入社試験に挑む予定でいた。

だが、実家で両親と暮らしていた兄だが、良い人が出来て家を出るという。そのツケが私に回ってきた。父から「兄に良い人が出来てよその町に婿にいくからお前が家に入ってくれ」と言ってきた。そんな父の言い草に腹が立った。

郵便はがき

料金受取人払郵便

新宿局承認

7552

差出有効期間
2024年1月
31日まで
（切手不要）

160-8791

141

東京都新宿区新宿1－10－1

(株)文芸社

愛読者カード係 行

| | | |
|---|---|---|
| ふりがな<br>お名前 | | 明治 大正<br>昭和 平成 年生 歳 |
| ふりがな<br>ご住所 | □□□-□□□□ | 性別<br>男・女 |
| お電話<br>番号 | （書籍ご注文の際に必要です） | ご職業 |
| E-mail | | |
| ご購読雑誌（複数可） | | ご購読新聞<br>新聞 |

最近読んでおもしろかった本や今後、とりあげてほしいテーマをお教えください。

ご自分の研究成果や経験、お考え等を出版してみたいというお気持ちはありますか。

ある　ない　内容・テーマ（　　　）

現在完成した作品をお持ちですか。

ある　ない　ジャンル・原稿量（　　　）

| | | | | |
|---|---|---|---|---|
| 書　名 | | | | |
| お買上<br>書　店 | 都道<br>府県 | 市区<br>郡 | 書店名 | 書店 |
| | | | ご購入日 | 年　　月　　日 |

本書をどこでお知りになりましたか?

1.書店店頭　2.知人にすすめられて　3.インターネット(サイト名　　　　)

4.DMハガキ　5.広告、記事を見て(新聞、雑誌名　　　　)

上の質問に関連して、ご購入の決め手となったのは?

1.タイトル　2.著者　3.内容　4.カバーデザイン　5.帯

その他ご自由にお書きください。

(　　　　)

本書についてのご意見、ご感想をお聞かせください。

①内容について

②カバー、タイトル、帯について

弊社Webサイトからもご意見、ご感想をお寄せいただけます。

ご協力ありがとうございました。

※お寄せいただいたご意見、ご感想は新聞広告等で匿名にて使わせていただくことがあります。

※お客様の個人情報は、小社からの連絡のみに使用します。社外に提供することは一切ありません。

■書籍のご注文は、お近くの書店または、ブックサービス(0120-29-9625)、セブンネットショッピング(http://7net.omni7.jp/)にお申し込み下さい。

勝手だとも思った。

私は15歳で上京してから10年、親の仕送りに頼ることなく1人でやってきた。親が勧めた洋服仕立て職人にはならなかったが、洋服屋を辞めた後、定時制高校に通い、大学に通うのも自力でやってきたではないか。それは、次男以下の宿命のようなもので、そのことで両親を恨むものではないが、家を離れた後は自力で生活の糧を得て一家を成す。ごく当たり前にこのことを目指してやっとここまでやって来た。自分なりに努力してきたつもりで就職の目途がつきかけた矢先に家に戻れとは。

「俺は、来年3月に卒業して東京で就職するつもりだから、今更戻れない」と断った。

だが、父もあきらめない。「兄が家を出たら、おじ（次男）が家に入って親の面倒を見るのが当たり前だろう」と言う。なるほど、数は少なかったが、その当時長男が何らかの都合で家を出ると代わって次男が入り、あるいは結婚している兄が先立った場合、次男が兄嫁と結婚して家を継ぐのが珍しくはなかった時代であった。

正月に帰郷して再び父から話を聞いた。兄が婿になる理由は理解できた。先方は女性ばかり3人の家族で、もし嫁に出せば老婆2人が家に残ることになるという。

兄の結婚そのものは反対しないし、幸せになってほしいと願う。兄が家を出た後、両親2人だけになる生家を思うと不憫な気もする。自分の性格が嫌になった。結局父の言い分を聞き入れて、卒業したら家に戻って跡を継ぐことを約束してしまった。

## 工業団地の誘致第一号企業に就職

私が戻ったその頃は、日本各地で工業団地を整備して都会から企業を呼び込む活動が盛んに行われていた。地元でも、高速道路や高速鉄道の整備が進み、人や物の流通がとても便利になってきたのに合わせ工業団地が整備され、企業誘致が積極的にすすめられて何社かが団地にやってくることが決まった。

田舎に帰った私には好都合で、地元の従業員を募集する誘致第一号の会社の新聞の折り込みを見て、早速応募した。それまで名だたる企業の少ない地元に工場がやって来るというので、応募者は多数いた。私は商学部卒業なので、総務・経理関係の事務部門に応募して採用された。タイミングが良く、運に恵まれていたと思う。

## 妻となる人との出会い

昭和55年、たまたま事務員を募集していた私が勤める会社に入社してきて、私の前の席に配属された女性と結婚した。

妻は3人姉妹の長女で、高校を卒えて東京で就職したものの両親との、「2、3年したら家に戻りやがて婿さんをもらって家を継ぐ」という約束を守って実家に帰った人であることを人伝に知っていたので、まさか私がこの人と一緒になるなどと全く考えていなかった。

## 母がキューピッド

人の縁とは不思議なものだ。昭和53年のある朝、体調を崩していた母は遅めの洗顔しようと、風呂の脱衣場にある洗面台で歯ブラシに歯磨き粉をつけようした時、突然頭に割れるような痛みを感じその場にしゃがみこんだ。運よく台所にいた父が察知し、救急車を呼んだ。私が勤める会社への電話で事態を知った私はすぐに許可を得て家に戻った。救急車が到着して間がなく、救急隊員が母を担架に乗せて家から運び出すところに間に合った。私が救急車に同乗して、当時開業したばかりの脳外科医院に運び込んだ。救急車の中の母は意識があり、「まだ、死にたくねー」と訴え、私の手をしっかりと握った。病名は「くも膜下出血」、30代で脳外科医院を開業した若き医師がもしいなかったら、母はその時命を失っていたかも知れない。運がよかった。医師や看護スタッフの献身的なケアで母は一命を取り止め、その後医師の紹介で東京の大学病院で手術を受けることができた幸運が、母を85の齢まで長生きさせてくれたものと思う。

手術は無事に終わり、若干の後遺症を残したものの順調に回復して地元の脳外科医院に戻ってきた。戻った母を父が頻繁に見舞うものと思っていたが、父は病院に行こうとしない。「一緒に病院に行こうか」と声をかけても、「俺はいかんすけで（行かないから）、お前が行ってこい」と、毎回同じ問答を交わす。母の弱ったところを見たくないのだ。

ひと月余りが過ぎ、「今日行ってきたども、だいぶ良くなって1人で廊下を歩いたぞ」と私が見た儘を言うと、「そうだか、じゃ明日俺も連れて行ってくれろ」とげんきんなものである。

母が入院していると家は男2人の生活になる。蛆がわくとまで言わないが、掃除洗濯が面倒になる。父は石積み職人で、毎日ではないが仕事に出る。食事は自分で作り、仕事のある時の弁当も作って持っていく。食事の好みも食べる時間も私とは違うので、同居していても別々の生活になる。毎日の上り酒を欠かさない父は、仕事があろうがなかろうが日暮れとともに簡単なつまみを作ってチビチビとやりはじめるので、私が仕事から帰る頃はすでに自分のテレビの前で居眠りしていることが多い。

不便な生活が続いているのを見かねてか、会社で私の席の前で事務を執る女性が「たまには食事を作りましょうか」と言って、頻繁に我が家を訪れてくれるようになった。

「お嫁にできる人ではない」と分かっているからかなおのこと、忙しく炊事や掃除をしてくれるその女性対する恋愛感情が募り、いつの日か誰の許しもなく2人は「結婚」を約束した。

母の病気は周囲を決して明るくしないが、母が入院しなかったらこの人が私の妻になり、3人の子供に恵まれることはなかったであろうと思うと、運命の不思議を感じる。

当たり前のように、結婚には猛烈な反対があった。妻の父から「婿に来るのなら許すが嫁には出さない」ときっぱりと言われ、妻の祖母からも「この子は家を継ぐ子として育ててきたから、嫁に出すような子ではない」と、勇気を出して「嫁に下さい」という私の話をはなから聞こうとしない。私の身内も「先方の家とは格式も違うし、ましてや跡取り娘、お前が相手にできる人ではない」と言われる始末で、とうとうお互いが話し合って付き合いを止めることになった。

私は親せきや友人に勧められるがままお見合いをした。親せきの家で引き合わされ、デートでボウリングをし、食事をした女性もいた。明るく快活な女性で、別れた人に未練が無かったらこの方と所帯を持ったのかもしれないが、その時はどうしてもそうした気持ちになることがなかった。

そしてやけぼっくいが再燃してまた付き合いが始まった。何とか周囲に先方の両親説得の包囲網を作り、まず義母が陥落すると義父の友人で後の結婚式で私達の仲人を勧めてくれた町会議員が私と義父を前にして、「いい加減に観念しろ」と義父を説得してくれて、私たちに握手するようにと促した。渋る義父ではあったが、それでも手を差し出して私の手を強く握ってくれた。素直にうれしかった。

## 結　婚

結婚式は地元のホテルで、高齢の神職の誘いで厳粛に挙行され、披露宴は私の身の丈に合わない贅を尽くした宴となった。

結婚式の主賓は、授業を通じて懇意となり後に学長を務められた恩師にお願いした。この教授だが、主賓としての挨拶は、愛情を込めて私の不勉強と出来の悪さをスピーチのあちこちにちりばめて締めくくり、その後は友人の余興や歌あり踊りありで賑やかなうちに披露宴はお開きとなった。そこまでは良かったのだが、何と恩師は、結婚式のその夜の私に、「おい、今夜は麻雀で夜明かしだ。メンツが足りないからお前も参加しろ」と事も無げに言って誘う。麻雀に加わった学生時代の仲間も助け舟を出してはくれない。勿論、断る勇気など私にあろうはずがない。結局、妻を1人で寝かせて朝まで麻雀に付き合う羽目になってしまった。きっと、新婚夫婦の誰も経験しないであろうエピソードだが、今では苦々しくも懐かしい思い出として記憶に刻まれている。

## 義父と真の親子に

結婚後、妻の実家には事あるごとに行って、酒好きな義父とはよく飲んだ。妻の実家はその昔、雇人を使う大きな農家であって今でも農地を多く所有する百姓家であり、大正時代に建てたという家の柱は周囲では中々見られないほどの太さで、居間や座敷、台所がえらく広いお屋敷だ。農地解放によって人を雇う程の農家ではなくなったが、農繁期には私も手伝いに行く。田植えや稲刈りの時期は朝から晩まで忙しく働く。私は勤めのない土日やピーク時には有給休暇を使って手伝い、汗を流した後は義父と大酒を食らうのが日課だ。田植えを終えると「さなぶり」と云って労を労う酒席を持ち、稲刈りが終わると「刈り上げ」と云ってまた酒席を持つ。義父は民謡がとても上手く、人に求められなくても「気分がいいから、一つ歌うか」とか言って、自慢ののどを聞かせる。声も良く、本当に上手いと思う。義母も歌好きで、負けてはいられないと歌いだすのだが、NHKののど自慢に出て連打の鐘を鳴らすにはかなり無理があると思った。

義父と酒を飲み、義父の若いころの自慢話やたわいもない会話を交わすとき、嗚呼やっと親子になれたのだなーと感じて幸せな気分になる。3人の孫も本当によく可愛がり、面倒を看てくれる我が父母と義父母の存在は、私たち夫婦にとってありがたい存在だった。だが、今は90歳を過ぎた義母が1人残るだけになってしまった。

## 起業前の研修の頃

　夢を追いかけ妻子を田舎に残して上京し、私が修行のために身を置く会社の社長は、大手コンピュータ関連会社出身の野心家で、会社員時代は優秀な営業マンだったと聞いた。会社は、田町駅近くにオフィスを構え、優秀な営業マンと情報処理技術者に加え、粒ぞろいの女性事務スタッフを擁するコンピュータ機器及びソフトウエア開発・販売を行う会社で、時代を先駆け成長を予感させる会社であった。

　私は技術もそうだが、営業のノウハウを習得したくて入社したのだが、先にふれたように若い新進気鋭の技術者には足元にも及ばないことを早々に悟った。私の思いと社長の方針とが一致し、私は若干身に付けた技術者としての知識をもって、ＳＥ（セールスエンジニア）として営業に携わることになった。

　営業経験は全くなかったものの、電話帳を片手にめぼしき企業をピックアップレてアポイントメントの電話をすると、何十社中に一社くらいの割合で会ってくれる情報部門の担当者がいた。当時は情報化社会が急速に進展する創成期であって、どの企業もシステム開発に関心が深く、当時の開発言語や開発ツールを用いたシステム開発の提案に関心を持つ人が多く、売り手市場の世相であった。

ある日、名古屋に本社を置く大手食品メーカーの東京本社の情報システム部門を訪れた時、担当課長が私の持参した製品に高い関心を示してくれて、後日システムをデモンストレーションさせてもらう約束を取り付けた。結構高額なシステムであり、仮に採用されたなら、私が立てた今年度目標を超える成果となる。期待は否応なく、顔が赤らむほどに膨らむ。

年の瀬に近い11月、技術者を伴い情報部門の面々が揃う会議室でデモを行った。採用、不採用の決定は後日連絡すると告げられて会社を後にした。

一週間が過ぎたが連絡がない。不安がよぎる中、それでも他のお客様からの商談があり、忙しく過ごす12月中旬、「阿部さん、クリスマスプレゼントがあるから近々来てもらえる」と、件の課長から電話があった。「分かりました。

明日伺いますが何時に伺えば良いでしょうか」と言うと、「そうですね。クリスマスプレゼントだから、夕方4時においでいただけますか」と、時間を指定してくれた。

「きっと注文をくれるに違いない」と思いながらも幾ばくかの不安もあり、明日が待ち遠しくて仕方がない。

当日、午後3時50分に情報システム部門のドアをノックした。すぐに担当課長が現れ、応接室に自ら案内して崩れるばかりの笑顔で迎えてくれた。

「阿部さん、クリスマスプレゼントに、先日紹介してくれたシステムを採用します」と言って、手を差し伸べてきた。その手を強く握り返し、「本当ですか。ありがとうございます」と言う自分の言葉が上擦っていた。涙が出そうで困った。

「さぁ、阿部さん、クリスマスには少し早いけど、食事をしてカラオケで今日を祝いましょう」と、私を誘ってくれた。「ありがとうございます。食事の場所はお任せいたしますが、今日は私の持ちということでお願いします」そう言って返すと、「いいえ、これから阿部さんや阿部さんの会社にお世話になるのですし、それより、私と阿部さんの単身赴任同士のお近づきということで」と譲らない。そういえば先日、課長も名古屋に家族を残す単身赴任者であることを知り、何となく親近感を抱いていた。

食事代は課長に甘え、カラオケ代を私が受け持つこととして、この日は大いに食べ、大いに飲んで喉が嗄れるほどに歌った。課長の歌の上手さには脱帽し、楽しい一夜を過ごした。

営業活動にもある程度慣れ、それなりに成果を上げたと自画自賛のそのころ、思わぬ所から声がかかった。

## 誘いに乗る

会社の社外パートナーの社長から、「私の会社に来て手伝ってくれないか」との誘いであった。仕事の内容はシステム開発に係わる営業職であり、まさに今私が行っている仕事であったが、加えて会社経営にも一緒に携わってほしいという。

40歳を過ぎた私に、20代後半で起業して間もない青年社長から、「片腕になって会社を一緒にやってくれませんか」と懇願されて嬉しかった。「短期間になると思うが、それでも良ければ」と返し、このオファーを受け入れることにした。

今世話になっている会社も短期が条件の入社であったが、少し早いことに申し訳なさを感じつつも、私が起業するためのステップとして大いに役立つものと考え承諾した。

## 情報化社会でバブル増幅

世はコンピュータブームに沸き、営業活動は順調に推移していた。そうした営業活動の過程の中に、私が起業を決心する種が潜んでいた。

営業は人との出会いが多いほど業績は上がる。業種、業態、規模の大小を問わず、平成初期の日本はコンピュータシステム導入の高まりで沸いた。まだ基本OS（オペレーションシステム）はDOSの時代であったがその後まもなく

Ｗｉｎｄｏｗｓが発表され、なだれうつように企業に導入されると勢いはさらに増した。

基幹業務のコンピュータシステム化は固《もと》より、事務効率の向上や諸情報のデータベース化及びその検索のための様々なソフトウエアが開発・販売されて情報処理関連企業は好景気に沸いていた。

## 書誌データ検索システムとの出会い

そんな中、国が司る機関が構築したスーパーコンピュータのデータベースに各大学が所蔵する書誌データを登録し、そのデータを共有して利用する仕組みが提供され、利用が始まっていた。

そのデータベースにパソコンからアクセスして、書誌データを検索するソフトウエアが既に在ることを人伝に知ったのだが、何と保有する会社の事情でソフトウエアを手放したいとの追加情報を得た。

これまで、各図書館では本を購入又は寄贈などで入手すると、図書台帳に手書きで記入するとともに図書カードにも必要事項を記入し、本の裏表紙にポケットを張り付けてそのカードを入れ、本の管理や貸出に使用していたのだが、パソコンからデータベース上の書誌データを検索し、そのデータを自館のパソコンにダウンロードすれば、あっという間に所蔵データが作成される。まさに画期的なテクノロジーであり、図書館業務が飛躍的進化を遂げる礎となる。その優れたソフトウエアを手放すというのだ。

眉唾ながらも持ち主の会社社長に話を聞く機会を得ようと奔走し、ようやく面談が叶って御徒町駅近くにある小さな会社を訪れた。案内されたソファーに腰を下ろして室内を見渡すと、机の配置や調度品に工夫がありとても清潔で好感が持てた。

手放す理由の詳細は語らなかったが、話の様子から察するところ、何らかの理由で資金難に陥り銀行の融資もままならないため、止むを得ず売却先を探していたようである。

私は、このソフトウエアに関心を持つ他社がなかったことを幸運に思い、その場でデモを見せてもらい将来有望な製品だと確信し、譲り受けるに必要な条件交渉に入った。

譲渡額は、私の思う額より少額でまとまったのだが、もう一つ条件を言ってきた。それは、手放したのちこの製品を販売する代理店にして欲しいというものであった。この製品を手掛けたことのない私にとっては願ってもない条件であって、製品知識と販売ノウハウの詰まった営業部門を同時に手に入れたようなものだ。

私からも一つだけ条件を出した。それは、このソフトウエアをメンテナンスできる技術者を私のところに移籍させてもらうことだが、相手方はむしろそのことを望んで快諾し、話はまとまった。

## 青年社長は反対

当然反対はしないだろうと思って会社に持ち帰り、社長に製品説明と入手額、販売方法などのレクチャーを行うと、予想に反して「システム開発とコンサルティングがコンセプトの会社方針に合わない」と、了承してもらえなかった。

まだ20代の青年社長だが、信念を貫くその姿勢は立派であると思い、自分の甘い考えに赤面した。

だが、私はこの製品はヒットし大学や図書を扱う機関に大きく貢献するのは間違いないと思えて、どうすべきか思い悩んだ。

私の起業目的は、「中小機械製造業のコンピュータ化促進に寄与すること」であって、この製品を持って起業することは所期の目的を逸脱することになる。

若い社長が自分の信念を貫くというのに、私は今ぶれている。思い悩んだが、出した結論は、製造業ではないが大学などの図書館業業務の改善が、そこに勤める図書館司書やや図書館を利用する学生や教授、一般利用者などに大きな利便性をもたらすのであれば、形は違っても社会貢献になると思い直し、この機会を好機ととらえ私が直接入手して起業することを決めた。

## 念願の起業成る

売れると思って入手したコンテンツだが、正直なところいざ起業となると確信が揺らぎ、大きなプレッシャーに苛まされ弱気になることもあって、とりあえず法人化は少し先送りにして、代理店とともに販売活動に挑んだ。

売れだした。多くの大学を中心にセールスプロモーションを行うと、どの図書館でも高い関心を示してくれて、やがて頻繁に響く着信コールで自席の電話が震えた。

そして、平成6年9月、満を持して資本金300万円、私の他従業員2人、販売代理店一社、外注1人の小さな有限会社が産声を上げた。

間もなく、センセーショナルに発表されたWindows95の発売に合わせ、思い切って投資してシステムをWindows対応版に作り替え、業界初のパソコンシステムとしてリリースした。

会社は軌道に乗り経営的には少し楽になった。社長であり営業マンである私の仕事は増える一方だが、それが楽しかった。

## 居酒屋での出会い

単身で暮らす毎日は相変わらずの食生活だが、事務所を構える小田急線の経堂駅前に格好の居酒屋を見つけ、そこが毎日の夕食の場所となった。

その居酒屋だが、今振り返ると週刊漫画の「〇〇食堂」に似た造りで、マスターも〇〇食堂のマスターを少しふくよかにした感じのオッサンだ。このマスターは冬でも板前着に汚れた前掛け姿で足は下駄だ。その姿のまま駅前の売店にスポーツ新聞を買いに行くのだから、地元で顔を知らない人はいない。店は炉端焼風を装い、壁にはメニューの他に雪国で冬に履く藁で編んだ深靴や蓑が掛けられていて、季節によるが、時々その掛物のすき間でゴキブリが騒ぐ。店の常連客がそれを見つけると、「マスター、ゴキちゃんが顔を出したよ」と言う。するとマスターは素手でゴキブリを捕まえて屑籠に捨てる。捕まえたその手は流しで洗うものの、そのまま料理をするのだから最初のころは「不潔だなー、大丈夫だろうか」と思いはしたが、毎日のように通っているとすっかり慣らされてしまい日常化した。

この店で、私は「先生」と呼ぶに相応しい人と知り合い、懇意になって毎日のように夕食を一緒にするようになった。

先生は、経営を離れるとき以外は毎日決まって夜の8時過ぎに店に現れ、ビールやおつまみを注文するとき以外は誰とも口を利くことはなく、たいていカウンターの奥の席に座り背筋を伸ばしてビールを飲む。時々考え事をしているのか、手をしなやかな感じで動かすしぐさを見せる。着ている衣服が派手で髪は後ろで束ねていて、足にはサンダルだから、どう見ても会社員のような職業ではない。何をやっている人だろうかと興味をそそられた。年齢は60歳半ばくらいに見える。きっと芸能人か作家、芸術家的な職業だと踏んで、話しかけるタイミングを見計らうようになっていた。

その時が来た。その日の店はだいぶ混んでいて、先生が何時も座る椅子は他の一見客に奪われていた。8時を回る頃、私はすでに中央に近いカウンターに座って熱燗をチョコで一杯やっていたのだが、たまたま隣の席にいた客が、「お先にね」と言って席を立った。そのタイミングで先生が現れ、いつもの席が塞がっていることを目で確認して私の隣に腰を下ろしたのだ。

マスターは、先生の来店がわかるとすぐにサーバーに近づき大ジョッキに生ビールを満たす準備をして「いらっしゃい」と声をかけて注文を待つことなくビールを差し出す。先生にだけ見せる行き届いた対応だ。それもそのはず、先生が立ち寄る時には必ずビールを大ジョッキで3杯は飲み、つまみも1、2品以上は食べて他のお客より沢山お金を落として帰る二人といない最上級のお客様だからだ。

黙ってジョッキを傾ける先生に思い切って声をかけてみた。「失礼ですが、いつもお見掛けしていますが、近くにお住まいですか、私は経堂アパートに住んでいますが」というと、先生は「アラー、私も経堂アパートよ。何階にいらっしゃるの」と、驚いたように言う。同じアパートの住人同士だということで、何となくお互い警戒感のようなものが無くなり会話が弾んだ。何時も周囲を気にすることもなく黙々とビールを口にしている先生だが、話し出すと饒舌で会話を楽しむ人のようだ。「失礼ですがお名前をお聞かせいただけますか」と聞くと、「関と言います」と返してくれた。「お仕事をされていると思うのですが、芸能関係のお仕事でしょうか」と私が問うと。「いいえ、芸能ではなくて芸術分野のお仕事をしています」と、少し芸術の語彙を強調するかのように答えてくれた。そして、「バレエの振り付けが仕事です」と言った。そう聞いて私は黙ってしまった。

新潟の片田舎で育ち、中学を卒えてすぐ上京し、洋服仕立職人の丁稚奉公を2年で逃げ出した後、何とか定時制高校を卒業し、それから夜間のバイトと奨学金で昼間の大学をようやっと卒業できた、まさに貧乏を絵に描いたような私にとって、クラシックバレエの世界を俄かに思い描くだけの教養を持ち合わせていない。

次の言葉を見つけられないまま会話は途切れてしまい、その日の記憶がそこで止まっていて、その後が定かでない。

## 年の差を超えた友情

先生と私は21歳違いだが、年齢を超えて親しくなり、店の入り口に近いテーブル席が2人の指定席となった。たいてい先生が先に来て奥の椅子に座る。私は入り口に近い方が指定席である。だから先生の席から外が良く見える。「ほら大学の先生が見えたわよ。今度は棟梁夫妻だ。あら、隣のママが前を通ったけどおトイレかしら」と、1人で飲んでいた頃の無口がうその様にやかましい。

先生と私は酒もよく飲んだがタバコもよくふかした。先生は決まってビールを大ジョッキで3杯飲み、それ以上はめったに飲まない。ジョッキは最初の頃は当然店の物であったが、今では私の娘がアメリカ旅行の土産に買ってきたものがマスターの特別の許しを得て先生専用のジョッキとなった。2個あるが、1個は割れた時の予備品で部屋にとってある。店の物よりも多く入る代物で、上客の先生だけに与えられた特権である。

タバコはショートホープが先生で私はキャスターマイルドだ。ビールを飲みながらタバコを吸うものだから、2人で一つの灰皿はたちまち山盛りになる。先生は上品だからそうはしないが、私はタバコがなくなると灰皿をあさって長そうなシケモクを拾って吸う。それも拾いつくすと、「先生、1本頂戴」と言って、先生のタバコを盗んで吸う。タバコを強請る、そんな自分が嫌になってある日タバコを止めた。すると数日後先生も止めた。そして「何であんなものを今まで吸ってきたのだろう」と、２人とも言うことが同じで、可笑しかった。

先生はビールしか飲まないが、私は日本酒でもビールでも焼酎でもワインでも何でも飲むから、時々先生から「阿部さんは酒にいやしいのだから」と蔑んだ目で言われる。しかし気にしないから、毎日同じような会話で笑い合った。

先生の口癖は「ころすわよ！」である。バレエのレッスンで生徒が間違いたり、上手くできないような時に、「手の動きがバラバラよ、ダメ、ダメ、ころすわよ！」などと言うらしい。

先生のレッスンスタイルは実にユニークだ。生徒が宮島で買い求めて先生にお土産であげた大きなしゃもじを手に持って指導する。どうも昨今のセクハラを意識しているようで、振り付けの指導で女性の身体に直接触れないよう気を遣ってのことのようだ。

20歳前からバレエを始めて、それ以外の世界を知らない先生は、無菌室で培養されたかのようで信じられないほど世間に疎い。冗談が中々通じない先生を、店で誰かがからかうことがあるが、ようやくそれがからかいだと分かると「ころすわよ」と笑顔で言う。

先生が通うバレエ教室は経堂駅から二つ先の祖師谷大蔵にある。通常1日2回、そこに通う大人や子供達を指導するのだが、夜の教室が6時から8時くらい迄で、その帰りに店に立ち寄るのが日課である。たまにマンションに一緒に帰る時などは、「阿部さんは14階ね」と言って先にエレベーターに乗り込み、行き先のボタンを二つ押す。先生は7階に着くと、「それじゃ、また明日ね」といって降りる。人の縁とは不思議なものだ。これがきっかけで私と先生の距離が急速に近づくことになる。

## 自宅マンションを貸与

駅に直接通じる先生と私が住む経堂アパートは14階建て、一階にショッピングセンターや飲食店が入り、2階、3階には医院や時計屋、日用品、貴金属店まで入る最高の住環境でとても気に入っていたのだが、築年数や耐震構造の関係から取り壊しが決まり、住人は1年以内に転居をして欲しいとの通知があった。

私の住まいは会社事務所を兼ねていて、その一室を住まいに使っていたのだが、転居要請の通知が来る1年ほど前、私は近くの風呂屋の跡地に建った5階建てマンションの一室（1ＬＤＫ）をセカンドハウスとして購入し、住まいを移していた。

転居通知を受け取った時には、私は会社事務所の移転先を既に幾つか物色していたので、大きなトラブルもなく1年を待たずに移転した。

ところが、先生は自分で転居先を探す気はないようで、「阿部さん、私が住む所を探してね。経堂駅に近くて一階のマンションよ。広さは１人だから１ＬＤＫで十分だからね」

「えぃ。先生はお金持ちだからマンションを買うんじゃないですか？」

「だって、もうすぐ死んじゃうんだから、買わないの」

「そんなこと言わないで、買っておいて甥や姪に相続したらいいじゃないですか」

「だから、買わないの。阿部さんが賃貸マンションを探してくださいね。あまり時間がないから急いでね」

先生は、意固地なまでに自分の考えを押し通すので、とうとう私が折れた。

「分かりました。頑張って探してみます」不本意ながら、こう答えるしかなかった。

不動産や人づてを頼って、先生の希望に少しでも近い物件を探すのだが、見つからない。駅から離れれば無くはないが、歩くのが難儀な先生は首を縦に振らない。

そういえば、私の住むマンションの一室は一階にあり、広さも1LDKだ。駅からも徒歩4分でそう遠くない。考え抜いた挙句、先生にこう提案した。

「先生、経堂駅近くで先生の言うようなマンションは見当たりません。一層の事、私がまた会社事務所の一室に移りますから、私が大家で先生が店子になりますぅ」

「えぃ、本当に。阿部さんが大家で私が店子になるのね。家賃はちゃんとお支払いするからね。なんだかうれしい…」

結局、私は自分のために購入した小さな一室に一年も住まず、先生に提供する羽目になってしまった。

友人にその事を話すと、「お前は人が良いというか、そこまでやるとアホだなぁ」と蔑んだ目で言われた。

## 先生との別れ

先生が家族や子供を意識したのは、私との出会いに多少は原因があると思う。年齢がそうさせたのかも知れないが、7人の兄弟を1人1人失い始めて、今日までバレエ教室で大勢の弟子達に囲まれ、レッスンに通う子供たちからも慕われ、忙しくにぎやかに、しかも芸術分野で後人を育てている誇りから、自分の家族、子供をバレエ界の中に見出していた。行く末を案じること等これまで一度もなかったのではないかと思う。

「阿部さんは子供が3個もいるからいいわね！」

血の繋がる兄弟姉妹を失い始めて、子供のいる私を少し羨ましく思う心が生まれたのかも知れない。年を重ねて、これまで考えることの少なかった、「自分がこの世に居なくなる」ことが次第に身近に感じられるようになると、先生には日本を代表するバレエ界のドン、指導者、振付師としての絶対的な地位はあるが、家族のある幸せをつい考えてしまうことが増えた。これまで、わき目もふらずこの道をひた走ってきた。生活に何の不自由はないし、今でも教室に通う子供たちの指導や毎年定期的に数回行う公演の振り付けに忙しく、毎日多くの人と接することでエネルギーを補給している。でも、何だか人恋しく思う時が増えたことは否めない。思い通りの生き方をして、それなりに満足してきたつもりだが、何かが足りないような感覚を時折覚えるようになり、ようやく今、その正体が見えて愕然とした。

バレエ公演の鑑賞には毎回数人の甥と姪が来てくれるものの日常の付き合いはそう多くない。頼りにしていた近くに住む姪は、70歳を待たずに他界した。

家族を持たず妻も子ども居ない独り身の寂しさが、今頃になってじわじわと胸に迫ってきた。これまでに、はっきりと分かる寂しさを感じたことなど記憶にないが、80歳を過ぎた今頃になって、老人の心のすき間に寂寥感が入り込むようになった。

先生は結婚を考えなかったわけではない。クラシックバレエの後輩女性と一緒に暮らした思い出の日々もある。後にバレエ界で花と咲く美しい人であった。しかしその時の女性の年齢が十代と若く、女性の両親の猛反対に遭い、籍を入れることなく同棲を解消した。

それ以来、心惹かれる女性も無くはなかったが結婚は一切考えなくなった。

先生の日常は、食事のほとんどは外食で、いつも数人の人たちとにぎやかに済ました。洗濯と部屋の掃除だけは人任せにしないで結構こまめに行うが、別にいやいややっているわけではなく、1人の生活に特段の不自由も感じずに生きてきた。だが、この頃住まいから経堂駅に向かう緩い勾配の坂道でさえ歩くのが辛くなり、誕生日のプレゼントと称して私が無理やり渡した杖が無ければ、歩行するのさえも不安になった。

今頃になって、多くの人々が求めそして築き上げ、支え合って共に生きる家族という宝物が自分にはないことを思うようになった。

昨今では、配偶者を持たず、持っても子供のいない生活を一つの人生観として尊《たっと》ばれているが、年のせいかそれを受け入れられない自分を感じている。「齢を重ねる」とは「弱《よわい》を重ねる」ことに連なる。年齢とともに、体力、気力が失われるのは如何ともしがたいことである。

ならば、過去に拘泥することはいらない。全てを肯定して老いを如何に楽しむか。身体の動きが今以上思うに任せられなくなる前に、優良介護施設で第二の生を楽しむのも一考だ。

「阿部さん、どこか良い施設があったら教えてね」

「任せて下さい。年に何度か都内の介護施設に顔を出していますから、先生にお似合いの施設を探しますよ」

「阿部さん、本当にお願いよ」

とは言うものの施設に入る気は全くないのだ。

「阿部さん、私はどうなっても施設には行きたくないの。私は阿部さんのお部屋で死ぬからね」そう言う先生の目は、私に訴えかけるように微かな光を帯びていた。

令和元年5月の連休後半、私は新潟に帰る前に先生の住むマンションの庭の草むしりをしようと、いつものように合鍵で勝手にドア開け部屋に入った。先生はあまり具合が良くないのかベッドに臥していたので、「先生、お医者さんに行かなくても具合は大丈夫ですか。庭の草をきれいにしますからね」と言うと、先生は「大丈夫よ」と結構張りのある声を返してきた。

庭の掃除を終えて先生に「終わったから、これから新潟に帰ってきますね。何か食べ物とか飲み物を買ってきましょうか」先生が起きてこないので、少し気になって声をかけた。

「大丈夫よ。食べ物も買ってあるから、気を付けて新潟に行ってらっしゃい」と言ってくれた。

虫の知らせとでもいうのか、なんだか少し気になったので、先生がいつも食事に通うお店のママさんに携帯メールをして、「阿部です。これからバスで新潟に向かいますが、朝、先生の部屋に行ったら先生はベッドに伏していました。今日の昼、先生がお店に顔を出さないか、電話もなかったら部屋に確認に行ってください」と伝え、同じ内容で会社の者にも連絡をして、経堂から池袋の高速バス停に向かい新潟行きのバスに乗った。

いつもなら座席で本を読んだり、音楽を聴いたりして過ごすのだが、この日は何だか落ち着けずにいると、バスが出発して一時間が少し過ぎたころ、携帯電話のバイブレーションがメールの着信を伝えてきた。そこには、「先生から連絡がなかったので会社の人と店のマスターが部屋を訪ねたら、先生が洗面所で倒れていて意識がない」とあった。

時間をおかず、「救急車や警察の人が来て、先生の死亡を確認しました」と告げられた。

私は大いに慌てて、バスの運転者に越後湯沢で下車したいと伝え、妻には、「先生が倒れたので東京に引き返すから、湯沢のバス停まですぐに来てほしい」と伝え、はやる気持ちを抑えてバス停への到着を待った。バス停から妻の運転する車で越後湯沢駅に急ぎ、そこから新幹線と中央快速、小田急線を乗り換え、先生が運ばれ安置されている梅が丘の警察署に着いて霊安室の先生と対面した。

「私が至らないばかりに、先生を1人にして旅立たせてしまった」後悔が胸を押しつぶした。薄く髭がのびた先生の顔を両手でさすり、「先生、1人で逝かせてごめんなさい」ただひたすらに詫びた。

## 母への思い（回想）

私の母は52歳の時にくも膜下出血で倒れ、地元の脳外科病院で治療を受けたのち東京医科大学で手術をした。長年入退院を繰り返し、私が起業を夢見て上京する当時は病状が安定していて、自分の事はできる位までに回復していたものの、その母を父と妻に預けて家を離れたのだから、妻は口に出してこぼしはしないが苦労を掛けてしまったなと思う。

小康を保っていた母であったが、私が上京して10年後に様態が再び悪くなって入退院を繰り返すようになってしまった。1、2年後に新潟で起業すると言って上京した私だが、上京して3年後に起業はしたものの拠点は東京にあって仕事はより忙しくなり、帰るに帰れない。母の入院中は病院が衣食住の全てを看てくれるので安心できるが、退院しているときに手がかかる。

## 母の介護食を作った日々

要介護認定3と判定された母を、月曜日から金曜日まで父と妻に任せきるには余りにも負担が大き過ぎて、妻までが倒れてしまったら大変なことになる。私は自分に何ができるかと考え、あることに気付いた。そうか、自分が母の1週間分の食事を作れば良いのだ。1日3食、月曜日から金曜日までの5日間15食分を作り置こうと考えた。が、どういう風に作り、どんな器に入れてどう保存し、誰が母のサポートをするか?

母は嚥下が弱くなっているので副菜はミキサー食にして、主食はおかゆ。主食だけは食事の都度、炊いたご飯で妻か父に作ってもらおう。1回の副菜は3品に決め、少なくとも1日3食の中に同じものは入れないようにする。5日間持たせるために、火曜日以降の食物は冷凍にして保存し、元気な父に頑張ってもらい1食分ごとをレンジで解凍して母に養ってもらうことにしよう。

さて、保存容器をどうするか、町中にあるショッピングセンターに適当なものが無いか探し歩くが見当たらない。ふと思い、最近できた100円ショップに立ち寄ると小さな器があった。この器3個に一食分の副菜3品入れ、3食分9個を入れるのに丁度よい容器を探すと、ピッタリの物があったのでこれを5セット用意した。これで容器の問題は解決した。

次に、食材に何を使うかだが、一つは缶詰（魚、肉、トウモロコシ、ウインナー、ｅｔｃ．）

二つ目として冷凍食品（これは種類豊富）、三つ目は一般的な野菜や果物を使う。ミキサーで砕き食してみると、どうしても普通に煮たり焼いたりした総菜のような味に成らない。つまり、あまり美味しくないのだ。嚥下の悪い母なので副菜にとろみをつけ、調味料をいろいろ試してみるなどして、何とか食べられる味にするまで試行錯誤を繰り返した。だが、残念ながらこれは美味いと舌鼓を打つような味を出すことはついに叶わなかった。でも、母は文句も言わず嬉しそうな顔で食べてくれていた。

ある時、ふと思ってコーラを加えて何かの食材に味付けをしたところ、結構おいしかったのに気をよくして、その後調味料としてコーラを加えた。

母父とのコミュニケーションは、私が作った食事を母に養った時の母のしぐさや表情、日常の出来事等を時には冗談を交えて交わす他愛もない会話の中で行われ、我が家ゆえの心の交流があったと思う。

良いことばかりは続かない。父も母も齢を重ね、特に父は酒好きで朝からチビチビと水割りの焼酎を欠かさない。多い月は、ひと月に4ℓ入りのボトルを4本も空ける酒豪である。酒癖がよくなく、昔から酒に酔い過ぎると人が変わり、くどくどと母を責め、時々怒り声をあげる。元に戻すことのできない母のくも膜下出血をやり玉に挙げて、ののしったりするのが私にも聞こえてくるときなどは、思わず私も「いい加減にしろ」と父に大きな声をあげてしまう。

普段は人に優しく身内にも優しいのだが、こういう人こそ酒が入ると人が変わりやすいと聞いたことがあるが本当だ。それでも、母が家にいるときの父は機嫌が良い。次第に体力を失っていく母だが、その母の車椅子を押して食卓まで来る父は、「俺がまめ（元気）なうちは俺がこれ（母）を面倒見る」と言って母に微笑みかける。

母は再び入退院を繰り返すようになり、ある日入院先の病院でベッドから転げ落ちて股関節を骨折してしまった。手術はしたものの十分に回復できず、80

歳になった母はベッドから離れられない生活になり、とうとう要介護認定5の判定を受けることになった。

## 母を特別養護老人ホームへ

介護認定の判定が軽い初期には、デイサービスを週に数回利用していたのだが、やがてますます衰える母の介護はデイサービスに頼るだけでは難しくなり、また母より年上の父も満身創痍の身体で要介護の認定を受けてしまい、ついに母を特別養護老人ホーム（特養）に入居させることになった。

当時、特養の担当者に思わず「特養は、云わば『姥すてやま』ではないですかね！」と不用意な発言をしてしまった。住民票を特養に移し、母の年金も特養で預かるのが特養のあり方で、離れる側も離す側も、何だか片道切符の生き別れのように感じてしまい、

「俺は行きたくない」という母を施設に送り込んだ自分が冷血人間の様で、つくづく嫌になった。

金曜日に東京から帰ると、土曜と日曜日は必ず施設に母を見舞った。いつもそう長居はしないが、食事の時間帯には入居者が集う食堂に車椅子を押して、母の食事介助をした。

「うんめーかい（美味しいかい）」と私が聞くと、母は「うんめー（美味しい）」と返す。

決まった会話は、私が「両方の手がリュウマチのようで痛いがーて」というと、母が「コンピューター、コンピュータ（キーボードを指でたたいているからの意味）」と返す。他愛もない会話だが親子のひと時の憩いとなる。

妻も時々私に同行する。母が病院に入院している頃は、洗濯物の交換もあって頻繁に病院通いをしていたが、特養に入所すると施設の職員が全てを担ってくれているので、妻の出番は時折新しい衣類などを届ける程度になってしまった。

結婚して大宮に住む長女や横浜で暮らす長男夫婦、学生の次男が帰省すると施設を訪れるが、父は誘っても中々行こうとしない。口には出さないが、母の弱った姿を見るのが辛いのだ。だから、私は施設から帰って父に母の様子を伝えるときは、少し粉飾して元気な面だけを伝えるように心掛けた。初孫を長女が連れて見舞うときの母は、童心に返り可愛い笑顔で孫を見つめ続ける。

施設という場所で、母を中心とした憩いのひと時だが、考えてみると父母が健在の頃は家の中でこんな会話をしなかったように思う。同じ家の中で生活をしていたが、家を建て替えるとき、料理好きの父にせがまれて、父母の部屋に台所を備えたこともあって、私達とは食事を一緒にすることが少なかったし、同居しながらも内実は核家族のようで、一緒の部屋でテレビを見、会話を交わすのはお盆や正月など、何らかのイベントの時くらいなので、母の施設入所が変な意味で会話の機会を広げたと思う。

母は施設で最期を迎えた。52歳で病に倒れてから33年目の3月であった。

## セカンドステージに幕をおろす

私は、自分で会社を立ち上げてから四半世紀が過ぎ、まさに大海に浮かぶ小舟のごとく荒波に浮き沈みを繰り返しながらも何とか生きてきた。相変わらず規模は小さいものの自社オリジナルの製品開発も行い、「図書館業務支援に特化した会社」として、業界の隙間を埋めるニッチ企業として一定の役割を担うに至り、「令和」と書いた台紙を時の官房長官がカメラの前に掲げたその年、古希の齢に達したのを節目に後進に次代を委ねた。

私は、これが「セカンドステージ」の幕引きだと考えていて、これから迎える「サードステージ」に淡い期待を寄せている。

日常を妻と離れて暮らして28年になるが、お互いの領域を侵さない私と妻との生き方に大きな不都合はなかったと思える。

こう話すと、全てが順風満帆に映るかもしれないが、結構様々な出来事があった。

私が単身で上京した頃の幼子3人は全て結婚した。長女は埼玉に嫁ぎ1人の娘を授かり、今はケアマネージャーとして介護職を生業として頑張っている。信号機のメーカーに勤める旦那さんと一緒に孫を連れて年に2、3回遊びに来てくれる。長男は横浜のマンションで北京から嫁いできたお嫁さんと暮らし、コンピュータシステムに係わる仕事に従事しているが、子供はない。年に数回、私が上京する折に横浜で食事をして近況を語り合うのを楽しみにしている。

## 長男は国際結婚

長男が北京からお嫁さんを迎えたのには、私の影響も多少はあったと思う。と言うのも、私は学生の頃、これからは世界人口の四分の一を占める中国が徐々に力をつけ、大国にのし上がっていくだろうと漠然とした思いがあり、第二外国語に中国語を選んだ。決して身につくことはなかったが、それでも長男が大学生になったとき、「これからは、必ず中国はアメリカやロシアのような世界を牽引する大国になるから、大学では中国語を専攻したら良いと思うよ」と話した。

長男は言うことを聞いてか、大学で中国語を学び、三回生の時に中国の大学に短期留学の機会を得た。そこで出会って恋に落ちたのがお嫁さんである。「お父さん、僕に付き合っている人がいるんだけど」、四回生になった長男から告白された。「そうか、同じ大学の女性か?」と聞くと、「いや、中国で知り合った女性だよ」という。「そうか、一緒に留学をした仲間の女性だね」、まさか中国の女性だとは露とも思わない私に、「そうじゃなくて、北京の大学で学ぶ中国の女性だよ」という。

国際結婚が決して珍しいご時世ではないが、いざ我が子のこととなると受け止め方が違う。「結婚するつもりの付き合いか」と聞くと、「すでに女性のご両親とも会い、結婚して日本に住むことを承諾してくれているよ」と言った。そこまで堀を埋められていたら反対の余地はない。「中国は一人っ子政策だったと思うけど、兄弟姉妹はいるのか」。我が一人っ子だとしたら、その娘を日本人男性に嫁がせる親の切ない気持ちが自分の事のように分かる。案の定、兄弟姉妹はいない、一人っ子だった。

## 結納品を携えて北京へ

厳寒の北京空港に長男と降り立ったのは、年も暮れようとする12月上旬であった。北京のご両親の許に、日本でいう結納を届けるため、バッグに日本式の結納品（勝男武士、寿留女、子生婦、友白髪、おさえ末広、家内喜多留等）を詰めて、北京市内の自宅マンションを訪れた。玄関でご両親と娘さんが出迎えて室内に通され、娘さんと長男の通訳で和やかな会話が弾んだ。ひと段落してから「娘さんを倅のお嫁さんにいただきたく、なにとぞよろしくお願いいたします」と挨拶をし、さて、結納品を取り出して並べようと思うが、居間には食卓テーブルの他様々な調度品がところ狭しと場所を占めていて、スペースがない。結局隣の娘さんが使っている部屋のピアノの上に品々を並べることになった。

日本式の結納の品々を見て、ご両親が驚いたのは言うまでもない。

ホテルに3泊したが、この間に天安門広場や故宮をはじめ中国四千年の歴史を感じさせる名所旧跡を案内してもらい、様々な食彩を堪能させてもらった。

北京からの帰りは、長男を残して私1人。空港まで2人で送ってはくれたものの、とてつもなく広い空港の国際線入り口で、「気を付けて帰ってくださいね」と言われ、2人は去っていった。

「あぁ、もっと中国語をまじめに勉強しておけばよかった」自分がどこのゲートに行ったら日本に帰れるのか途方にくれていると、不意に後ろから「何かお困りですか」と声をかけてくれる日本人がいた。「このチケットで日本に帰りたいのですが、どこに行ったら良いのかわからずにいました」私は地獄に仏の安ど感を露わに、この声の主に頼った。

「あら、私たちと同じ便よ、ちょうどよかったですね、ゲートまでご一緒しましょう」と、親切に同行してくれ、無事に機中の人となって成田国際空港に到着した。

長男が卒業するのを待って、2人は北京の教会で結婚式を挙行した。日本からは私の身内や友人が参列し、私は真紅の披露宴会場で新郎の父として通訳をお願いしてのスピーチを行った。

強く印象に残ったのは、ご両親の自宅マンションの住民がこぞって爆竹を鳴らして祝ってくれたこと。式を挙げた教会のとてつもない大きさ。更に、新郎新婦が乗る風船でデコレートしたオープンカーを先頭に、私たちが分かれて分乗する5、6台の車を従えた何十㎞にも及ぶパレードだ。沿道の人々が手を振って祝ってくれる光景は圧巻であった。

日本でも、北京まで招待できなかった長男の友人たちを主役に迎えた披露宴を行った。

お嫁さんが身に着けた日本髪と和服姿の可愛さが忘れられない。

次男は、私の家の隣に自分の家を建てて生活をしている。私達と同じ敷地内に住んでいるので、３歳になった孫との同居に近い生活は嫌が上でも身体を動かさざるを得ず、お陰様で孫が私たち夫婦の元気の源になっている。

# サードステージ

## 農業従事者に

70歳になって農業従事者になった。跡取り娘を得たばかりに、今は亡き義父に代わって妻の実家の稲作を引き受けた。田舎育ち故にこれまでも稲作を行ってきたので農業を知らないわけではない。でも人を手伝うのと自分が中心になって行うのとでは全く違う感覚だ。何時、何を、どうしたら良いのかが分からない。

田んぼで会う人に分からないことは何でも聞く。私の一番の師匠は、子供のころから親分子分として仲良しの、隣に住む友人だが、他にもう1人いる。その人はきっと、自分が師匠だと思われていることに気付いていないが、妻の実家に近い大農家の若き3代目の好青年だ。年に数回程だが、田んぼで見かけては田の水管理や除草剤散布、肥料の追肥時期などについて問いかけると、きちんと考えを示してくれる孫のような存在の師匠である。

JAが開催する「農業アカデミー」にも参加した。年8回の講習だが、素人の私には役立つ講習会で1回の時間が短すぎると感じている。1年を通して勉強したから、次の稲作からは味、収量ともに例年を勝る年になるであろうと、淡い期待を寄せている。

私の住む新潟県南魚沼市は、有名ブランド米「魚沼産コシヒカリ」の生産地で、自分ながら「魚沼産コシヒカリ」は本当に美味しいと思う。

私が生産した、混じりけのない「魚沼産コシヒカリ」を産地直送し、友人、知人などへ届けたいと思っている。

小さな会社であるが故、代表取締役社長の立場に居た頃は厳しい毎日であった。新規受注のための営業から経営のための資金繰り、新たな製品開発等など、経営が順調に見えるときでも先々の見通しに、不況下にあっては現在をどう乗り越えて好転へと導くことができるか、寝ても覚めても仕事が頭から離れることがなかった。

退職して「サードステージ」が始まると、嘘のように身体も心も軽くなる。退職間もない頃は何だか気抜けしたようで時間を持て余して閉口した。だが、専業農家になって生活が一変し、雪解けとともに仕事が動き出す。早寝早起きが定着すると体調が嘘のように良くなった。

春から秋にかけて、朝は5時過ぎに、早いときは4時半頃には起床して愛犬と40分程散歩し、その後田の水管理や畔の草刈り等に出る。8時前頃に帰って朝食を摂りながらＮＨＫの朝ドラを見る。その後は少し休んでからまた田畑の仕事をし、時間のある時は自分で作ったデッキのテーブルに煎れたてのコーヒーカップを置いて、好きな本を読む。疲れているときなど、数行も読まないうちに居眠りをするのだが、これも気持ちがいいものだ。農繁期は夕方6時過ぎまで田畑の仕事をしてから愛犬の散歩で40分、帰ると妻が作ったヘルシーなつまみで仕事上がりの酒を楽しむのが毎日の営みだ。勿論、10時前にはベッドに潜り込み朝までぐっすり、と言いたいのだが、どうしても夜間にトイレに起きる。疲れているときはすぐにまた眠りにつくのだが、あまり疲れていないときは目が冴えて眠れない。そんな時は、英会話のイヤーホーンを耳にさす。まるで子守唄を聴くようで、いつの間にか眠って朝がやって来る。

私と妻の最近の楽しみは、昼のヘルシー食堂巡りだ。人に教えてもらった食事処で、自家で作った野菜などをふんだんに使った健康食を出してくれる食堂と、もう一か所は、社会福祉法人が運営するグループホームに隣接する食堂で、これまたヘルシーで安価、しかもとても美味しい食事を提供してくれる。どちらも、食後のコーヒーが楽しめるのも魅力で、人に教えたくなるお薦めの食事処だ。毎週のように交互に通い、お腹を満たすことを楽しんでいる。

「妻に供　ヘルシー食堂　めぐる日々」

妻と毎日一緒にいるようになって、普段無口な妻であればこそ益々言葉数は少なくなるが、よく聞くようにお互いが空気のような存在で、いつも傍に居ることをあまり意識はしないが、もし傍に居なくなってしまったら1人で生きていくのが辛くなることは間違いない。これは、大方の世の殿方が感じている妻への思いときっと同じだと思う。

私と妻の生計はあたかも別物である。私の現役時代は、妻には毎月一定額を家計費として渡していたが、妻はそのお金で生計をやりくりし、余りが出れば蓄えていたようだ。

妻が勤めていたころの収入を私は知らない。勿論、妻の正確な年金額も知らない。だから、妻の元に蓄えがあるのか無いのかも知らない。

一方、私の現役時代や現在の収入、年金額の詳細を妻は知らない。別に隠しているわけではないので、知ろうと思えば何時でも知ることができるのだが、取り立てて知ろうとは思わない。

今でも一定額を毎月妻に差し出していて、家計は妻任せだ。妻も私も自分が必要なものは自己資金で工面していて、お互いの財布に手を突っ込むことのない関係だ。

何も話し合って決めたルールではないが、あまり干渉し合わず自由で生きやすい関係だと思っている。

# エピローグ

私の今日は、妻は固より数多くの人達との出会いと交流の中にある。洋服仕立ての職人を目指した2年半は、親方夫妻と正に寝食を同じ屋根の下で共にして、仕事は固より、15歳で弟子入りした右も左も何もわからない洟垂れ小僧の私に、都会での暮らしに必要な「いろは」について身をもって教えてくれた。

出来の悪い私に、家庭教師をして定時制高校に入学させてくれたお兄さんが居た。

親会社の社長にあっては、私が大学卒業の単位不足で、4年次になっても毎日出席しなければならない時期に、アルバイトと言う名目で私に寮の一室と食事で救いの手を差し伸べてくれた。そのお陰で、私は何とか4年間で大学を卒えることができた。感謝に堪えない。

この親会社で洋服仕立ての職人となり、後に郷里で自分の会社を持った同級生の友人には、私が在職中も定時制高校の時代も、そして大学を卒えるまで遊びや飲食等で大きな出費をして私を応援してくれ、今でも友人でいてくれる。大工の見習いから後に工務店を興した友人も、何かにつけ私を助けてくれた。

会社設立後に出会ったバレエの先生は、歳が親子のように離れた先輩であり、一緒に酒を酌み交わす友人でもあった。芸術の世界に縁遠い無教養の私を、先生が振り付け、舞台監督を務めるバレエの世界に誘い、先生に出会うまでには想像すらできなかった芸術の世界を通じて、私の心に潤いをもたらしてくれた。

先生がある時「阿部さんが一人前になる迄には必ず世話になり、応援してくれた人が居たはず。だから、今度は阿部さんが応援する側にまわりなさい」と言い諭してくれた。この言葉の重みを、今になり益々強く感じている。

## いちまつ模様

人生は「いちまつ模様」、2色の正方形や長方形を途切れることなく並べ組み合わせて織りなす模様は、人と人との関係に似ている。

「一期一会」の本当の意味は、初めて会う人だけでなく、毎日会う人でもその瞬間、瞬間を大切にすることだと言う。初めての出会いの一つ一つの積み重ねと、出会った人々との途切れのない日常が、それぞれに影響し合い織りあいながら、人を育み成長へと導き、お互いを高めつつ大きな模様を描き続けていくのだろうと思う。

著者プロフィール
阿部 年展（あべ としのぶ）
1951年2月6日、新潟県出身。

# いちまつ模様

2023年 6 月15日　初版第 1 刷発行

著　者　阿部 年展
発行者　瓜谷 綱延
発行所　株式会社文芸社
〒160-0022　東京都新宿区新宿1－10－1
電話　03-5369-3060（代表）
03-5369-2299（販売）

印刷所　株式会社暁印刷


ISBN978-4-286-24169-2